U0360734

夏目漱石时代的珠玉名篇

花物语

[日] 寺田寅彦　著

解璞　译

清华大学出版社
北京

内 容 简 介

本书收录寺田寅彦的十二篇经典之作，一花一物语，大多取材于作者少年时的真实经历，富于人情味。这些作品体现了寺田寅彦作为科学家的敏锐视角和作为作家的诗情雅致，蕴含着人生与宇宙的神秘与哲理，优美清新，隽永动人。每篇文章短小清丽，并穿插大量美图。尽管这些作品写于一百多年前，但历久弥新。

图书在版编目（CIP）数据

花物语 /（日）寺田寅彦著；解璞译. — 北京：清华大学出版社，2021.7
（夏目漱石时代的珠玉名篇）
ISBN 978-7-302-49737-0

Ⅰ.①花… Ⅱ.①寺… ②解… Ⅲ.①随笔－作品集－中国－当代 Ⅳ.①I267.1

中国版本图书馆CIP数据核字(2018)第035799号

责任编辑：纪海虹
装帧设计：甘　玮
责任校对：王荣静
责任印制：沈　露

出版发行：清华大学出版社
　　　　　网　　　址：http://www.tup.com.cn，http://www.wqbook.com
　　　　　地　　　址：北京清华大学学研大厦A座　　邮　编：100084
　　　　　社 总 机：010-62770175　　　　　　邮　购：010-62786544
　　　　　投稿与读者服务：010-62776969，c-service@tup.tsinghua.edu.cn
　　　　　质量反馈：010-62772015，zhiliang@tup.tsinghua.edu.cn

印 装 者：小森印刷（北京）有限公司
经　　销：全国新华书店
开　　本：128mm×185mm　　印　张：3.75　　　字　数：46千字
版　　次：2021年7月第1版　　印　次：2021年7第1次印刷
定　　价：58.00元

产品编号：076622-01

寺田寅彦（1878 — 1935）

日本著名物理学家、散文家，笔名吉村冬彦、薮柑子、牛顿、寅日子、木螺山人等。

生于东京，在高知县度过童年，上小学不久后随家人迁回东京。15岁时，患肺尖炎（肺结核初期）一时休学。1896年进入第五高等学校（今熊本大学）读书，夏目漱石教其英语，田丸卓郎教其数学与物理，两位老师对寺田寅彦产生了极为重要的影响。

寺田寅彦于1897年结婚。1899年，进入东京帝国大学物理系。在漱石的介绍下，他拜访了正冈子规，在《杜鹃》上发表第一篇小品散文《星》。1901年，为看望生病的妻子回高知县，肺尖炎再次发作，休学一年。翌年，妻子去世。

夏目漱石从英国留学归国后，经常拜访寺田寅彦，乐于谈论有关科学的话题。1904年，寺田寅彦任东京大学讲师，后任地震研究所专任研

究员。在物理学方面，他颇有建树；在文学方面，也留下了韵味独特的作品。1905年，他受漱石的《我是猫》《幻影之盾》等影响，创作了《橡子》与《龙舌兰》等作品。同时，他也是《我是猫》中的"寒月"、《三四郎》中的"野野宫"等作品人物的原型。

1916年，寺田寅彦发表了《科学家与艺术家》，1919年因胃溃疡住院，其间阅读了梅特林克的作品，翌年发表《病房里的花》等。他以科学家特有的笔触，描绘着人与人的关系。1936年至1951年，岩波书店先后出版了《寺田寅彦全集》。

解璞

日本早稻田大学文学研究科文学博士，北京大学外国语学院日本语言文化系助理教授。主要研究领域为日本近代文学、中日比较文学，著有《灵台方寸：漱石文学中的镜像世界》。在国内外学术刊物上发表论文十余篇。

Content

鼓子花

（昼顔）

记不清是什么时候了，那是在我小时候发生的事。我家门前流淌着一条浑浊的河，叫作堀川。沿着河，向上走五十多米[1]，河水向左转，便会流进旧城堡脚下繁茂的草丛里。那城堡的对岸，有一片开阔的空地，维新[2]前，它曾经是藩[3]

1.　五十多米：原文为"半町"。町，日本的长度单位。1891年开始规定1町为109.09米。

2.　维新：即"明治维新"，它是近代日本的开端。通常指19世纪后半叶江户幕藩体制崩溃，到1868年明治新政府建立的一系列政治变革。

3.　藩：1868年明治新政府在旧幕府地上设立府县，此后，便把旧大名领地称为"藩"。1871年由于废藩置县而废除。

的操练场，但那时候它已归属于县厅，成了一片荒地。在这一大片沙地上，杂草丛生，斑驳茂盛，处处开着鼓子花[1]。附近的孩子把这地方当成很好的嬉戏玩耍之地，他们从栅栏的破损处进进出出，也没人去责备。

在夏日的黄昏，他们各自肩扛着长竹竿，来到这片空地。不知从哪里飞出来很多蝙蝠，它们出来捕食蚊子，低低地在空中盘旋交错；孩子们则挥动着竹竿，要把它们打下来。在无风的黄昏，暮色如烟，呼喊蝙蝠的声音在对岸城堡的石墙上回响，渐渐消失在昏暗的河流上。"蝙蝠来哟——来喝水咯。那边的水很苦哟！"这样的喊声此起彼伏，有时候竹竿划过空中，那无力的声音"嗖嗖"地响着。这似乎很热闹，却又充满着难以言

1. 鼓子花：日文原文为"昼颜"，又名日本天剑、亦称旋花、篱打碗花，唐诗中称为"鼓子花"。夏季白天开花，花为直径约5厘米的淡红色漏斗状。形似牵牛花（即夏季早晨开放、上午枯萎的"朝颜"）以及葫芦花（即夜间开花、早晨凋谢的"夕颜"）。

喻的寂寥。蝙蝠成群出动是在天刚黑的时候，随着天色将晚，便少了一只，又少了两只，最后都不见了，不知消失在何处。于是，孩子们也零零落落地回家去了。随后一片鸦雀无声，死一般的空气笼罩着广场。曾几何时，我追逐着迷失归路的蝙蝠，一直追到荒地的一角，猛然发现周围没有一个人。伙伴们好像也回家了，没有人声。我望望河对岸，城堡的石墙上，郁郁葱葱的朴树在黑暗的天空里伸展，让人不由得害怕；水边茂密的草丛黑魆魆地沉睡着。我一抬脚，碰到草上的露珠，突然一阵凉。一种难以名状的恐惧袭来，让我不顾一切地跑回家。

广场的角落里有一座高高堆起的细沙堆，像堤坝一般。我们把它取名叫天文台，其实那是过去打靶场防弹堆的遗迹，所以有时候会从沙子里挖出长长的铅子弹。比我年纪大的孩子，总是爬上这沙山，再滑下来。时常我们也玩打仗游戏。匪军在天文台上守护着军旗，官军便攻打上去。我也要加入这个官军，但是无论如何都爬不到沙山的顶端。常常欺负我的大一些的孩子们，毫不费力就跑了上去，还从上面嘲笑我是窝囊废。"快点儿爬上来，从这里能看到东京哦！"他们说着这类话，讥笑着我。我不甘心，于是拼命地往上爬。一爬动，沙子便从脚边塌陷下去；我想从鼓子花上借些力，花儿却脆弱地被拽断，我只得滑了下来。沙山上的匪军看到我，拍着手嘲笑。然而，无论如何都要爬上去的决心，在我幼小的心里扎了根。有时候，我甚至梦见自己爬这座天文台爬到一半，却怎么也爬不上去，焦急得哭起来。母亲把我叫醒，我坐在被子上，还在哭。母亲便安慰我说，"你还小，所以才爬不上去，但你马上就会长大的，到时候就能爬上去了哦。"

那之后，我们一家离开故乡，来到了东京。孩子的心里没有执着，有关故乡的事便渐渐从脑海里消逝，开着鼓子花的天文台也仅仅留下如梦一般的影儿。二十年后的今天，我回到故乡一看，那广场上矗立着气派的城镇小学。原以为长大后就能爬上去的天文台沙堆，已被铲成平地，无影无踪。仍留着昔日的影子、令人怀恋的，只有放学后在庭院里玩耍的勇猛的孩子们，还有那栅栏底下瘦瘠的鼓子花。

月见草

（月見草）

那是我住进高中宿舍那年夏末的事了。我住进宿舍二楼才对"天亮得快"这句话有所感触。那时，常被旁边睡相难看的男生踩压着醒来，我一看表，刚到四点多，而半开着的宿舍玻璃窗上，夜色却已渐渐泛白。在惺忪的睡眼里，一排排悬挂的或新或旧的蚊帐呈现出葱绿、淡黄色，如梦一般。窗的下框处可以看见扁柏高高的树梢，透过树梢可以望见仿佛刚刚睡醒的后山。我没有收拾床铺，直接悄悄地溜下楼，来到操场。出来一看，宽阔的草坪沐浴着晨露，我光脚跋拉着的军鞋已被沾湿了。蚂蚱惊飞而起，那振动翅膀的声音令人舒畅。草坪周围有松林环绕，草坪一角簇簇盛开着月见草花。我在花丛间随便踩踏而行，绕着宽阔的操场转了一圈。此时，阳光已染红了钟塔，食堂的水井开始咯吱作响，朝气蓬勃。

在那段时间，有一晚，我做了一个奇怪的梦。梦见一个像是操场的地方，只是更加宽广；在那片草地上，我沐浴着朦胧的月光，半梦半醒地彷徨游荡着。淡淡的夜雾笼在草叶尖上，四周仿佛包围着一层薄薄的轻纱。不知从何处传来花草似的香气，却不知道是什么香味。从我脚边到四周，开满了一大片月见草花。有一个年轻的女孩与我并肩而行；她的脸色苍白得仿佛不是这世上的人，她脸庞的轮廓浸在月光里，默默地走着。她穿着淡灰色的和服，拖着长长的下摆，下摆上也印染着美丽的月见草。为什么我会做这样的梦呢？至今想来也不明白。梦醒一看，玻璃窗微微发亮，耳边传来虫鸣声。我出了一身虚汗，感觉胸口绞痛。无意间，我起身离开床铺，下楼来到操场，在月见草盛开的地方，四处走着，不知走了多少遍。那之后，虽然也几乎每天早上都去操场，但却再也没有以前在这里散步时的爽快心情了。或者不如说，只感到非常寂寞。从那以后，我便沉溺于忧郁的空想之中，使自己渐渐形容消瘦。我患上不治之症，也正是在这个时候。

栗子花
（栗の花）

吉住家在黑发山[1]的山脚下，稍稍靠近里山，我在那里寄宿了三年。他家有个狭窄的后院，院子紧挨着上方的悬崖。有一棵大树，繁茂的枝叶覆盖在上方。时至清秋，白头翁的叫声也随着落叶、果实一起落在屋檐边儿上。从我租的小房子出入外面的大门，总要经过这个后院。朝向这后院的房屋一角，有个突出来的小房间，只有三张榻榻米大小，有一扇别致的圆窗。这里便是房东女儿的起居室，那圆圆的拉窗，即使在夏天也一

1.　黑发山：即熊本县的立田山。这篇作品写的是寺田寅彦在熊本的第五高等学校读书时的生活。当时，他常常从寄宿的吉住家去夏目漱石的家里学习俳句等。

直紧闭着。就在这房间的正上方，有一棵大大的栗子树。每到初夏，在考试前我忙于查资料的时候，那宛如黄色流苏似的栗子花便会飘落下来。从屋顶到庭院，撒满了花瓣。落花腐败之后，散发出一种甘甜而浓郁的香气，充满了这座小院。这一带常见的大苍蝇，也会嗡嗡地发出振翅声，聚集在上方，让人不禁感受到自然那强大有力的旺盛之气。

　　窗外落花纷飞，窗内有一位羞怯内向的姑娘。她闭门不出地读着书，或是学做着针线活。我刚来这家的时候，她才刚刚十四五岁，头顶梳着裂桃式发髻，垂着刘海。她肤色黝黑，长得也不是很漂亮，但是眉眼清秀，十分可爱。房东夫妇俩上了年纪也没有孩子，于是从亲戚那里过继了这个孩子。除了这女儿之外，家里只有一只大花猫，一家人很是冷清寂寞。我也总是沉默寡言，让人觉得我是个怪人。我几乎很少与其他房客亲切地闲聊，也没有对房东女儿说过什么温柔的话。每天吃饭的时候，这个姑娘啪嗒啪嗒地踩着低齿木屐，过来叫我。她用当地的方言撂下一句："请过来吃饭吧！"便急急忙忙地回去了。

　　起初，我只把她当作小孩子，但是随着一个个暑假过去，每次我从家乡回来，都会很明显地发现她渐渐成熟起来。在毕业考试前，有一天傍晚，我复习得腻烦了，便来到屋外的檐廊[1]。尽管已经闻惯了栗子花香，却仍觉得这香气沁人心脾。只见在正房前面的花丛中站着那位姑娘，她穿着发白的和服，系着红色腰带，抱着小猫。她望了望我，一反常态地涨红了脸。虽然天色昏暗，但我却也有所察觉。她从对面凝望着我这边，露出了一丝神秘的笑容，然后便好像被什么追赶着一般，跑进屋里去了。

　　就在那个夏天，我离开了那里，去了东京。翌年初夏，在我几乎忘记吉住家的时候，从那里寄来一封信。信好像是那位姑娘写的。此前，除了新年祝福之外，她并没有给我写过别的信。但

1.　檐廊：日式住宅的房间外周铺设有狭长木板的部分，作为走廊或进出口。

这次不知为何，她详细地写了很多当地的琐事寄给我。据说，我原来租住的小屋，后来就没有人再寄住过。她还写道："想必东京一定是个好地方吧。我真想去看看，哪怕这一生就去一次。"信的内容倒也没有什么特别，但总觉得十分动人，大概是因为出自年轻女孩之手吧。信的最后写道："现在栗子花也盛开了，不久便会凋落。"落款是她母亲的名字。

凌霄花

（のうぜんかずら）

我上小学的时候，最讨厌的科目就是算术。算术的分数总是不好，父母很担心，便请中学的老师辅导我，放暑假的时候，让我去老师家里补习功课。从我家到老师家有四五百米远的路。出了我家的后门，沿着小河，往前走不远，便会走到村子的尽头。从那里，可以看见老师家里高高的松树耸立在周围的稻草屋顶和树丛的上方。在这棵松树上，从下到上密密地缠满了凌霄花，不留缝隙，十分美丽。每天上午，我都在母亲的提醒下，很不情愿地出门。在我家屋后的小河里，美丽的水藻在清澈的水底起伏荡漾着。水藻中间，还有成群的小鲫鱼不时地穿过，鱼肚上闪着白光。

孩子们光着上身，后背和前胸都涂上了泥巴，跳到小河里，哗啦哗啦地玩耍着。有的孩子在安装带有硫黄木条¹的水车，还有的孩子用盆当船，漂流而下。我强忍着羡慕的心情，一面揪着河岸边上的草，一面抱着石板，急急忙忙地赶往老师的家。

老师家有扇冠木门²，门两侧是紫竹围成的绿篱笆。进了门，便会看到玄关旁边的庭院里，铺着几排草席子，

1. 硫黄木条：在松木或柏木的薄木片的一端蘸上硫磺，用来从燃着的炭火处引火。
2. 冠木门：日本住宅大门的一种，旧时多用于武士家的住宅。有两个门扇，在接近两根门柱顶端处横贯一根横木，没有顶。

草席上面常常晾晒着蚕茧。我站在玄关一叫门，面色黝黑的师母就会走出来，说着："这么热的天，你真是努力啊！"便领我进客厅。老师家的庭院打扫得十分干净，就在对着庭院靠近檐廊的地方，师母为我摆上一张矮桌子。随后，老师走出来，默默地从壁龛的书架上拿出算术的例题集。那是一本横版的黄表纸木版印刷的旧书。他读着"有甲乙两个旅行者，甲一小时走一里路，乙一小时走一里半路……"这样的题目，给我讲解它们的意思，又让我试着做做看。这时候，老师便会走到檐廊下，打着哈欠，或者去厨房大声和师母说着话。我面对着那些问题，用

石笔在石板上咔嚓咔嚓地边写边思考。客厅外的屋檐下吊着渔网，屋檐旁的横木板上吊着很多渔竿。乙需要几个小时才能追上甲呢？——我怎么都算不出来。想着想着，脑袋便发热起来；汗水从蜷坐着的双腿上渗出来，和服便黏在身上，很不舒服。于是，我望望庭院来缓解心情，只见一棵斗笠状的松树，在那高高的树干上，热烈地盛开着鲜红的凌霄花。

就在这时候，老师走了过来，问道："怎么样，难不难？哪儿不会？"说着，便坐在我的面前。他用一块呢绒卷成的石板擦，把石板仔仔细细地擦了一遍，然后耐心地为我讲解起来。他还不时地问我："明白了吗？"反复地确认我是否听懂。可基本上我都没有太听懂，因此，感到格外难过。我低着头，鼻涕就自然地往下流，只好一声不吭地忍着，直到马上要流下来的时候，就干脆一口气吸上来——这也让我很难受。快要到午饭时间了，厨房那边响起锅碗瓢盆的声音，传来烧饭做菜的香味。我饿着肚子，也很难受。老师后来发现，尽管反复给我讲解，我却还是不太明白。于是，有时他就会稍稍提高一些嗓门，说话声音变得有些悲伤。这也让我感到格外地难过。

"今天就到这儿吧，明天你再来吧！"他这么一说，我便感到一天的任务总算完成了，匆匆忙忙地赶回家。母亲在家里毫不知情，准备好各种清凉的美食，等着我回来；我到家就用凉水洗去满脸的汗水。回家被母亲这样娇宠着，又让我莫名感到格外地难过。

芭蕉花

（芭蕉の花）

天晴了，忽然热了起来。从早上开始，我只写了一封信，做什么都无精打采。好几次在桌子前面坐下来，便立刻觉得很难受，不知不觉趴着睡着了。阵阵凉风吹来，吹响了屋檐下的玻璃风铃。床前挂着蚊帐，蚊帐里躺着俊儿宝宝。他脸朝下睡着，小脸红红的，没有枕枕头。我走到外面的檐廊一看，半个庭院已经阴暗下来，在明暗的交界处，蚂蚁进进出出，到处爬来爬去。前些天，从上田家拿来的大丽花，不知为什么，只长出一点儿芽，就没有再长大。在防雨窗套的前面，芭蕉伸展着宽大的叶子，其中有一棵今年开出了花。又厚又大的花只绽开了三四瓣，最终也没有

完全绽放，好像已经腐烂，或者快要枯萎了。花瓣上还聚集着两三只蚂蚁。

俊儿突然哭了起来。我过去一看，发现他坐在蚊帐里，摊着手脚哭泣着。妻从厨房飞奔过来。俊儿抱起她拿过来的牛奶瓶，放在膝盖上，含起奶嘴，连气也不喘一下便咕嘟咕嘟喝了起来。喝着奶，他还用泪水模糊的眼睛，望着父母的脸。喝完之后，他却又开始哭，好像记起刚才的哭泣似的。看来他好像还没有睡醒。

妻背着俊儿，站在外面的檐廊上，说："芭蕉花，宝贝儿，芭蕉花开了哦。看，很大的花吧！会结出果子哦，那个果子能不能吃呢？"俊儿不哭了，指着芭蕉花说："桃桃，桃桃。""听说，芭蕉开了花，便会凋谢枯萎。孩子爸爸，这是真的吗？""是啊，不过，人类即便不开花，也会死去的啊。"听我这么一说，妻回应了一声"唉"，便摇着背上的孩子，不作声了。俊儿也模仿着她，说了一声"唉"。我们俩都笑了，俊儿也一起笑了。然后，他又指着芭蕉花说着："桃桃，桃桃。"

野玫瑰

（野ばら）

那是某年夏天在山间旅行时发生的事了。我越过山坡，风突然停了，变得十分闷热。沿着狭窄的山谷有一排排的山间田地，穿过田地边缘的小路，会有蜻蜓的翅膀闪烁耀眼，时而还有蛇从前方的路上爬出来。在覆盖着山谷的深蓝色天空上，有时候会有白云飘过，只在四周的山峰上投映出蓝色的影子，便随即飘走了。我口渴得难忍。路旁的田边有条小水沟；沟里的水散发出铁腥味，水面上浮着一层蓝色的薄膜，微微泛着光。走着走着，竟发现从道路一旁的树丛深处流出一股细细的清泉，横穿道路，流进田地里，我顿时高兴起来。于是，连草鞋也没脱，立刻把脚伸进去，一阵清凉浸透全身。

　　向小路的深处走去便会发现，只有在这里才能看到许多橡树和枹栎树。树丛黑压压的，郁郁葱葱，十分茂盛。湿润的青苔上爬动着螃蟹。悬崖上渗出水来，泉水从美丽的蕨草叶尖儿上滴落，积留在岩石的凹陷处；从那里溢出来的泉水，透过青苔流了下来。在岩石的积水上浮着一个小竹勺，勺子被崖间掉落的水滴敲打着。我拿起勺喝水，叼住勺一口气全都喝下去，尽情品味着清凉甘甜、沁人心脾的泉水。

　　离我稍远的悬崖下面，有一株大大的野玫瑰，盛开着纯白的花朵。我走近了，闻到一阵强烈的香气，便折了一个小小的花枝。这时，我感觉旁边似乎有人，无意间发现，在树荫下有一个砍柴的女子正在休息，之前我却完全没有注意到她。她把背着的木柴靠在悬崖壁上，摊开裹着绑腿布的双腿，目不转睛地注视着我这边。实在是太意外了，我大吃一惊，于是我便回望着她。只见她穿着打补丁的和服，衣服下摆有些短，腰间系着一根绳子当作腰带。她头上蒙着一条白色手巾，低低地快要遮住了眉毛；手巾的下面，有几绺黑发顺着额头垂了下来。我没想到眼前竟是这样一张美丽的面容。那健康的肤色是在城市里无法见到的。她稍稍晒黑了一些，显得更加美丽。当她那

黑色的眸子毫无惧色地从正面看着我时，不知为何，我顿时觉得自己受到了她的责怪。于是，我不禁怯懦地行了个礼，离开了这里。

蝉鸣阵阵，更添暑热。我嗅着刚才折来的那枝野玫瑰，又走了二三百米。这时，对面有一个年轻人，背着木柴，走了上来。他背着比自己还高的木柴，慢腾腾地走过来。他神情刚毅，脸色黑红，头上紧紧地裹着一条缠头巾，腰间锋利的镰刀闪闪发光。当我们擦身而过的时候，他说了一句："不好意思，打扰您了。"说着便瞥了我一眼。过了许久，我回头望去，只见年轻人已经登到刚才那股清泉的附近，他也回头看着我。莫名地，我把手里拿着的野玫瑰扔到路边，匆匆地向前面有清泉的地方走去。

常山花

（常山の花）

那还是我上小学的时候，在小伙伴中间十分流行收集昆虫。我也向妈妈撒娇，让妈妈用破损的蚊帐给我做捕虫网；我也不怕酷暑伏天的当头烈日，几乎天天扛着它外出捉虫子。蝴蝶、蛾子，还有金龟子等大多栖息在城山¹里，我便在城山里面到处转悠一整天。在外城第二、第三道围墙内的草地上，有许多珍稀的蝴蝶和蝗虫，多得数不清。稍稍向树丛深处走去，便会发现树干上有各种各样的金龟子。紫绿吉丁虫、铜绿金龟子、叩

---

1. 城山：此处的城山位于高知县。寺田寅彦虽然出生于东京，但在 1881 年（明治十四年），4 岁时随家人迁居高知县，直到 19 岁考入熊本第五高等学校才离开那里。

头虫，等等，种类繁多。我沉浸在这沁人的草木香气里，心情激动地走来走去，伺机捉住这些虫子。我把捉来的虫子用热水和樟脑杀死，整齐地摆放在装标本的点心盒里。我的快乐便是盼着这些盒子多起来。我捉完虫回家，满身都是汗，脸像火烤了一般。

直到今天，母亲还在回忆往事时，谈起这件事，说："你为什么那么喜欢虫子呢？"随着年龄的增长，我也遇到过一些有趣的事。不过，像那时候那样，捕捉珍稀昆虫的强烈喜悦，却非常少见。至今，我还能想起在城山深处的树丛里，在一片闷热中朽木所散发的香气。

城山的山脚下有一条护城河，河对面有茂密幽暗的树丛。有一次，我走到那树丛里，发现有一棵大大的常山树，开满了淡粉的花朵，遮盖住树梢。凋零的花随风飘落，散落在水边腐朽的沉船上，十分美丽。这棵树的树干上到处都是虫子咬出的小洞，在小洞口边上，细碎的木屑和虫粪一起快要散落下来，发出一股刺鼻的臭味。在树干的高处，我发现了一只又大又漂亮的金龟子落在上面，威严地竖着触角。我顿时高兴了起来。我的标本盒里还没有一只好看的金龟子，于是便心情激动地抬起捕虫网。虽然有些够不着，但最终还是捉住了它。我赶紧把它装进别在腰间的捕虫笼子里，怀着难以抑制的喜悦，走出了森林。走到石阶下的时候，对面走来一位打着洋伞的女人。她牵着一个孩子的手，向树荫款款走来。大概是城里的一对母女，家境似乎不错。她走过来，打着伞的一只手里还提着药瓶，另一只手拉着孩子的手。小

孩戴着一顶崭新的大草帽，

帽绳系在可爱的下巴上，穿着纯白的衣服。

她看到我提着的虫笼，

便放开母亲的手，过来看虫子。

然后，瞪大了眼睛，向母亲那里跑去了。

她一个劲儿地拉着母亲的袖子，

可不一会儿，又过来看虫子。

母亲喊她：快点儿过来。

可她却怎么也无法从我身边走开。

母亲想要强行拉着她走，她便蹲在道路的正中间，

终于哭了起来。

母亲无计可施，训斥着她。

这时候，我打开虫笼的盖子，取出那只金龟子，

拔了一根堇草，牢牢地系住它的触角。

然后，招呼那孩子，把金龟子送给了她。

孩子不哭了，露出害羞而喜悦的神情。

母亲吃了一惊，一边训斥着孩子，一边向我道谢。

我觉得有些不好意思，

便一声不吭地摇着空空的虫笼，跑了起来。

心里感到似乎又高兴又惋惜，

那样的心情从未有过。

此后，我也去过那棵常山树下好多次，

但却再也没有发现那样漂亮的金龟子，

再也没有遇见那天遇到的母女俩。

龙胆花

（りんどう）

我原来有位同学，叫作藤野。在我们暑期做野外调查、去树林实践的时候，他经常和我一组行动，做测量等练习。他看上去就是多病之身，身材细长，长得高大，但头却很小，走路时总是驼着背。他沉默寡言，似乎总是恍恍惚惚地沉思着什么。其他性格活泼的同伴们并不很喜欢他。不过，他胆子非常小，是个老实人，那双温和的眼睛也有一些吸引人的魅力。每当看到他的脸，不知为何，我总会产生怜悯之情。关于他的过去和现在的境遇，尽管他本人没有说过，我也没有从别人那里听说过，但我总觉得他是个不幸的人。这种感觉，从第一次见到他的时候，便烙印在我的心里。

　　那是某年夏天我们去树林实习，铺设林间道路时发生的事情。除了藤野之外，还有三四个人。我们组成一组，在山间小屋里一起生活了两个星期。虽然叫作山间小屋，也只不过是把圆木斜过来，横靠在山崖上；再在上面铺上草席子和杉树叶，下面铺上木板，每个人各自裹着毛毯，凑合着随处睡觉罢了。在小屋的角落里，我们用石头砌了一个炉灶。来往过路的樵夫便在这里为我们做饭。当我们结束一天的工作回来，从险峻的山路上看到小屋的上方升起青烟，便会感到十分愉快。尽管小屋这样简陋，却也会令人产生回家的感觉。到了晚上，吊在顶棚圆木上的电灯附近聚集了很多虫子，我们驱赶着虫子，进行着实习要求的计算和制图。有时候，还把饼干罐放在正中间，大家都趴着闲聊。经常会谈到学校里的传闻，或是模仿教授们的样子，大家热闹地欢笑着。但是，偶尔也会说一些年轻时动人的艳闻。在这种时候，藤野便表现出对别人的话半听半不听的样子。

不知为何，他会露出不安的神情，似乎陷入了沉思。不过，他也时常从衣袋里拿出常用的小记事本，胡乱写着什么。

有一天晚上，我半夜醒来，山中一片寂静，月光洒在炉灶上。小屋的外面传来脚步声，我便从草席的缝隙间窥望过去。只见在苍白的月光之下，藤野随意地踱着步。

每天早晨醒来，我们总是会吃固定不变的酱汤泡饭，扛着灯和杆子出门。到了目的地，我们固定好器械，便开始轮流地观测。藤野在别人观测的时候，要么坐在树桩上，要么躺在草地上，像平常一样沉思着。快轮到他自己的时候，他便赶紧过来窥视着仪器，卖力气地读着刻度。不过，不知为何，有时候他会出一些荒唐的差错。其他拿着笔记的同学提醒他说："如果是那样的话，好像就错得太离谱了。"他意识到错误时，便会满脸通红，非常害羞，显得紧张又不安。他会连声赔礼说："真抱歉，真抱歉。"大概谁都会想：尽量不让藤野去读数。但又不能那么做，所以还是轮流着读数。这样，每五次里面便会有一次，在什么地方出错。每次出错，他都会非常害羞，露出难过的神情。而且，他会抱着膝盖，越发陷入沉思之中。

就这样，两周也过去大半，已经到了快要回去的时候。有一天，下了大雨，雾气漫天，别说工作，什么都做不了了。于是，大家闷在小屋里睡觉。睡觉的时候，藤野的小本子掉在我的身边，我便无意间拾起来，打开一看：里面夹着一朵当时开满山的龙胆花当作书签，本子上涂抹着各种各样的字和画。其中，有几幅画的是梳着银杏发髻的女人的脸庞；然后，用各种各样的字体，到处乱写了很多"Fate"的字样。这时，刚才仰面睡觉的藤野起身醒来，发现我在看他的本子，脸色顿时变得苍白，却什么也没有说。

棟花

（棟の花）

有一年夏天，我的头不舒服，便去乡下的亲戚家借住，大概玩了一个月。他家的门前有一条清澈的小渠，哗哗地流着水。在窄窄的乡间小路对面，是一大片青青的田地。田地的另一边，可以望见一座小山坡，山上有德川幕府以前的旧城遗址。亲戚家的大门上有古香古色的门檐，门旁边有一棵大大的楝树。楝树伸展着茂盛的枝叶，为烈日照射的小路带来一片阴凉。时常，路过的小贩们会在门前歇脚乘凉。他们卸下包裹，用门前的流水洗脸，把沾湿的手巾含在嘴里来纳凉。

　　有一天，我在最热的时候走出大门。发现在树荫下，有一个木桶匠正在为吊桶和水桶等镶上环箍。在扫得干干净净的小路上，削刨绿竹的碎屑四处散落，中间撒落着楝花。这位木桶匠面色黝黑、长着麻子，看上去似乎有些怪癖。从他那粗棉布的贴身衬衣上，透出黑黑的胸毛。他正在用健壮的胳膊，挥动着小锤子。锤子的声音在对面的小山上回响，响彻这寂静的村落。稻田里，强烈的阳光明晃晃地照耀着，田地似乎在暑热中睡着了。

这时候，来了一个烟斗匠，在木桶匠的身旁卸下包裹。他穿着小仓[1]地区制造的布衣服，又旧又小，很不合身；下面穿着束带的细筒裤，裹着绑腿，光脚穿着草鞋。他虽然低低地戴着一顶冬天戴的旧礼帽，但似乎头发剃得很干净，是个光头。

"今天又捉到鲣鱼了吧！"烟斗匠搭话说。

"算是捉到了吗？这几天不管捉到多少条，

1. 小仓：原福冈县东北的旧市名，一九六三年与其他四个市合并为北九州市。产于小仓地区的纺织品，被称为"小仓织"，竖线织得密，横线织得粗。小仓地区生产的纺织品多用于和服衣带、和服裙裤以及学生服。

全都用蒸汽船运到东京去了，进不了咱的嘴里呀！"木桶匠把水桶敲得砰砰直响。

在门檐里筑巢的燕子，从田地里飞回来，又飞了出去。烟斗匠叼着烟管，望着燕子，似乎很佩服，便说："在鸟类里，没有比燕子更让人佩服的了。"他先说了这句开场白，便讲了这样一个故事。在村里某个望族世家，有燕子在他家筑巢。有一天，这家的主人对燕子开玩笑说："我常年借给你房子住，你也偶尔给我带个礼物来，好不好？"于是，到了第二年，燕子回来的时候，

正巧主人在吃饭。它便飞到主人的餐盘上，投下一颗小小的果实。主人随手把它扔到庭院里去，结果，不久那里便长出一棵奇异的树来。那棵树谁也没有见过，谁也没有听说过，实在不可思议。随着那棵树长大，树枝和树叶上都长满了可怕的毛毛虫。主人不忍看下去，便砍下这棵树，砍成加热浴室的引火木柴。这时候，正巧有位城里的医生路过，叹息道："真是可惜。"主人问他为什么，他便说："在我们那儿，那可是一种叫作麝香的难得的东西啊。"

烟斗匠一个人讲到这儿，摆出一副煞有介事的模样，吹出一圈圈烟雾。木桶匠砰砰地敲打着木桶，默默地听着故事。就在这时候，他用怪怪的眼神瞟了我这边一眼，问道："对了，那个叫作麝香的，指的是那棵树呢，还是那些毛毛虫呢？"

"嗯——那个……这个嘛，据说，麝香也是有很多种类的哦。"我也说不清指的是哪个。

木桶匠没有勉强追问下去。敲打木桶的声音，回响在对面的小山坡上；楝树花静静地纷纷飘落。

龙舌兰

（竜舌蘭）

毛毛细雨湿漉漉地下了一天，下得人都变得消沉了。现在，这样的细雨似乎也停了。寂静的傍晚，在沉重而潮湿的天空里，不知从何处传来汽笛声，划出一条长长的波浪线。隔壁的风琴刚才还在反复弹奏着"嫩叶茂盛樱花井"，现在刚一停下来，不一会儿便响起了门铃。没有风，屋檐旁嫩叶初长的樱花树，却也兀自零零洒洒地落着水滴。

　　"这是第一声春雷呀，明天是个好天气哟。"从厨房那边传来老婆婆的自言自语。那仿佛从地底响起、从天边传来的沉重回音，在我的胸中震荡；白天读过的悲惨小说，隔壁传来的"嫩叶茂盛樱花井"等情景，扰乱着我的心绪。平常也有这样的时候。我便像往常一样，胳膊挂在桌子上，按着头，盯着空无一物的墙壁，追寻着曾有过的往昔、不曾有过的将来的梦幻之影。我总觉得有些什么事情想也想不起来。正在出神发呆的时候，又传来一阵雷声，这次稍微响得近了一些。这时候，我忽然想起往事，眼前历历浮现出一盆被雨淋湿了的龙舌兰。

那是河野家的阿义出生的那一年，如今已经过去将近十四五年了。那时我也才刚刚十岁或十三岁左右吧。记得梳着丁髻¹的兼作爷爷来到我家通知说："下个月的某某日，我们庆祝义雄的第一个儿童节²，请各位过来做客。"我还记得当时他给了我好大一个红白年糕。终于等到那一天，我

1. 丁髻：江户时代，剃去前额头发后将发髻向前弯曲的男子发型，原指老人的发型。现在作为风俗，相扑的力士仍然保留这种发髻。
2. 第一个儿童节：原文为"初節句"，是孩子出生以后迎来的第一个儿童节。女孩为 3 月 3 日，男孩为 5 月 5 日。举行庆祝活动，祝愿孩子健康成长，为其消灾祈福。

和母亲两个人，坐着车出了门。正巧遇上下雨，坐在车里挤得很不舒服。从我住的镇子走上十多里[1]路，颠簸地经过铺满石子的乡间小路，终于到了姐姐的家。门前小河边的菖蒲也被雨水打蔫了。已经来了许多客人，母亲便一位一位殷勤地向他们鞠躬，说着别后重逢的客套话。

我缩在母亲身后，闲得无事可做。这时恰好姐姐家的小俊走了出来，仿佛等不及了似的，拉着我去看池塘里的鲤鱼。在我幼小的心里，总是羡慕地想：姐姐家里有一个池塘，真好啊。池塘充满了这个不大的院子。门前的小河水从门外经过屋下，连着这个池塘，再流到后院的水田里。池子里养着许多大大的鲤鱼，其中还有红鲤鱼。近来梅雨时节，河里涨了水。我以为鱼儿会在浑水里乖乖地游泳，没想到它们有时也会跳起来，

---

1. 十多里：原文为"一里半余"。明治二十四年（1891年）后将43.2千米定为11日里，即1日里约为3.927千米，中国的1里为500米，所以"1日里"相当于中文所说的7.854里，"一里半余"则相当于中文的11.78里。

发出令人吃惊的声响。池塘周围是一排岩石，只有几株瘦瘦的卷柏、矮棕竹等。边角平滑的岩石上面放着一盆大大的龙舌兰。姐姐嫁入这家的时候，我第一次看到这盆花，当时觉得很是稀奇；直到现在，每当我想起故乡的姐姐，都一定会想

起这池塘边上的龙舌兰。现在我想起的，就是这盆花。

隔着池塘，在叫作"池之间"的小房间对面是一个十分别致的小二楼。厨房旁边是库房的木板吊窗，这个小二楼便在吊窗的上面。

那时候，在乡下，第一个儿童节的庆祝宴大多连续办两天。亲友们自不待言，连平时不常来往的堂、表兄弟姐妹，父母的堂、表兄弟姐妹的孩子等远亲们，也从非常遥远的地方过来暂住做客；还有，就连邻村的佃户、经常来做买卖的手艺人也都聚集在一起。宴会办得非常隆重热闹。本家亲戚的女眷们全体出动，都来端菜斟酒，照顾酒席。不仅如此，按照惯例，还会从镇上请来艺伎助兴，那时候也来了两位。这些人在宴会期间也会住下来，池塘对面的小二楼便成为这些艺伎的化妆间、休息室以及卧室。

从临近日暮到午夜过后，全家都是一片繁忙喧闹。在厨房，杯盘相碰的声音、切菜声、厨师和女仆们粗俗无礼的说话声等让家里十分嘈杂；

再加上猫儿狗儿，就连被雨困住、聚在土房里的鸡，都为家里增加了不少喧嚣。无论在里屋、外屋，还是门口的玄关，满满地都是人，却都要一个个地行礼、互相打招呼，说着烦琐的客套话。

穿过这片混乱嘈杂的人群，向客厅送菜端酒的人们来来往往，感觉他们差点儿就要从行礼人的脑袋上跨过去了——我只是看着他们，就觉得很忙碌。孩子们交到很多小伙伴，高兴得活蹦乱跳，到处奔跑。那时候我性格就很忧郁沉闷，不喜欢这样吵闹，所以总是晚上随便吃点儿夜宵，便去里院的储物间里，从橱柜上抽出《八犬传》《三国志》等书籍，跟老朋友信乃和道节[1]、孔明和关羽等亲近。这个储物间是女眷们换衣服的地方，所以周围挂着一排排的衣架。成排的竹衣架上挂满艳丽或朴素的和服，各式各样的，好像晾衣服一般。四周弥漫着香粉味儿和汗臭等奇怪的

---

1. 信乃和道节：指的是曲亭马琴的长篇传奇小说《南总里见八犬传》的人物犬塚信乃和犬山道节。

香气。就在这香气里，我读着信乃与滨路的幽灵对话的那段故事。夜渐渐深了，客厅那边也渐渐热闹起来。三弦琴调音的声音一响起，便传来女人唱歌的清脆声音，听来十分真切。走了调的乡下民谣也一齐响起，还传来敲打盘子的声音。刚觉得这阵歌声停下来了，可没想到，不知是谁用讨厌的声音又大喊大叫着："鞭声肃肃[1]……"书中的信乃拱手低着头，他面前是单手挂着榻榻米、叼着单只袖子的滨路，滨路的身后出现了如影子一般的幽灵——看到这幅画面的时候，我身后的纸拉门"嗖"地一声打开了，有个人走了进来。我一看，是那位年长的艺伎。她并不顾忌我，径自走到房间角落的衣架旁，摸出一件和服的袖兜，好像正在把什么东西掖进衣带里。不料，她突然转过头来对我说："请您去那边儿待会儿吧，小少爷！"

---

1. 鞭声肃肃：出自赖山阳《山阳诗抄》之《题不识庵击山图》。全诗为"鞭声肃肃过夜河，晓见千兵拥大牙。遗恨十年磨一剑，流星光底逸长蛇。"原指上杉谦信的军队为了偷袭武田信玄的军队，夜晚下了妻女山，悄悄骑马渡过千曲川的典故。

说罢，她便坐到我身边，坐得很近，近得快碰到我的膝盖。她瞟了一眼书上的插画，说道："哎哟，真讨厌，幽灵呀！"她的发油散发出香气。就在我们俩默不作声、心无旁骛地看着这幅画时，不知是谁从那边的房间喊道："清香小姐！"这位艺伎便默默起身，走出了房间。

当我和小俊在里屋睡下的时候，客厅仍然像刚入夜时那样，一片喧闹光景。

第二天，又是从早上便开始下雨。与昨夜的喧嚣相反，这天的早晨倒是安静得过了头。男人们聚在外面的客厅，女眷们聚在一间里屋，静悄悄地说着话。母亲和姐姐从壁橱里拽出小孩的衣服，摊得到处都是，似乎在商量着什么。还有人翻开报纸，却在上面打起盹儿来。一种弥漫着酒味的、沉重而阴郁的空气充满了整个家；所有人似乎都变得无精打采。厨房不时传来"嗵嗵、啪嗒"的单调响声，似乎是在敲打鱼骨；声音回荡在静寂的家中，又勾起一缕缕睡意。小二楼那边传来弹拨三弦的声音，伴着低低的歌声，有个圆润娇媚的声音唱着："莫非那夜雨将至。"歌声也很快就停了下来；梅雨时节，从屋檐滴下的雨水，落在镀锌的雨水管里发出呜咽般的声响。敲鱼骨的声音，仿佛忽然记起刚才的节奏，又回荡在厨房里。

那个白天，我和小俊他们去隔壁邻居的新房里玩耍。邻居家的人全都去姐姐家帮忙了，所以，只剩下中风瘫痪、手脚不便的老爷爷和雇来使唤的老婆婆，平常热闹的一家也变得静悄悄的，连壁龛里的金太郎[1]和钟馗也看上去有些寂寞。我们玩了十六武藏棋、猜象棋等游戏，却提不起兴致。走到外面的檐廊下，可以看见在小院周围低低的土墙外面，是一片绿油油的稻田。细雨如烟，勾勒出一幅水墨画：画里朦胧地浸润着不远处八幡神社的森林和衣笠山，在晕染着淡淡葱绿的稻田里，锄草人的蓑笠绘出一个个黄点。耳畔传来曲调舒缓又慵懒的锄草歌，听不清楚歌词，但是那单调而略带忧伤的旋律，拖得很长，有气无力。唱完一段，便静默一阵，不一会儿便又缓缓地唱了起来。听着这样的曲子，我觉得似乎胸中一

---

1. 金太郎：源赖光的四天王之一坂田金时的幼名。传说他在足柄山受女妖养育，与动物共同生活，力大无穷。一般形象为面色红润的胖童子。有时也指有关他的怪童传说。

阵压抑，想赶紧回姐姐家去，于是便一个人回去了。回去一看，客人已经陆续到了，又开始了像之前那样嘈杂的寒暄。刚才我就感觉好像有些头痛，有些不安，讨厌别人对我说话，于是，我便独自进了储物间，读了读《八犬传》，但立刻就厌倦了。我想看看鲤鱼，便去"池之间"走走。我把头靠在檐廊的柱子上，呆呆地站着。从涨了水的稻田里漂过来一些浮萍，雨滴在水面上画出一圈圈小小的波纹，时隐时现。这些浮萍一面缓缓地打着转儿，一面伴着水波流淌而去。在院落一角的假山石阴影里，鲤鱼和睦地聚集在一起，静静地摆动着鱼鳍。龙舌兰带刺的厚叶子直立着，在雨水中濡湿得发亮，闪着微光。在那二楼临着池塘的圆窗里，可以望见昨夜遇到的那位清香姑娘寂寥的面容。她靠在窗边，用手托着脸，略带忧虑、若有所思地凝望着淡墨色的天空。她的鬓角上贴着头痛膏。她一边梳拢着膏贴边缘凌乱的发丝，一边转向我这边，轻轻点头，撇着嘴，似笑非笑。

到了傍晚，母亲说：离家太久了不好。于是，她不顾姐姐的阻止，决定回家。她问我："你也回家吧？"不知为何，我又觉得这样回去有些依依不舍，便用鼻子"嗯"了一声，含糊地回答。姐姐劝我们说："这孩子就不用回去了，是吧？你再住上一晚！"听了这话，我又用鼻子"嗯"了一声。"住下也可以，只是不要麻烦姐姐哟！"母亲这样说着，终于准备自己一个人回去了。来休息站¹接母亲的车到了，于是，我和姐姐送她到大门口。车在柳树下的岗哨十字路口转弯，当它消失不见的时候，我突然觉得心里空荡荡的，后悔没和母亲一起回去。"来，过来。"姐姐把我拉回了家。

我的头越来越难受，觉得很不安。心里反复想着：要是和母亲一起回去就好了。我在心里仿佛追赶着在如烟细雨中晃悠悠经过田埂的帐篷车

1.　休息站：明治以后，人力车等交通工具的发车以及停车点。江户时代，原为轿夫在街头的休息站。

的背影。我家门前那棵久违的柳树在我心中摇曳着。这吵闹又毫无情趣的酒宴有什么好留恋的？让我连家都没回成。我要回去！现在就要回去！我站在厕所门边上，对着南天竹枝上悬挂的纸质晴天娃娃许愿。雨天的黄昏，在不知不觉间，悄悄地潜入屋檐下，早已到了寂寥的掌灯时分。家里渐渐变得热闹起来。欢闹的笑声回荡在我脑海里，却也只是徒增寂寥。

　　我一直不好意思对姐姐说自己有些不舒服，但后来终于说出了口，让姐姐帮我早早地铺好被褥，躺下了。在那葱绿色的被面上，拔染着大大的仙鹤花纹，至今还印在我的心间。我躺下后，头脑却很清醒，睡不着觉。只见悬挂在天花板上的金银色防蝇球上，映出我小小的身影；望着自己睡觉的样子，我便莫名地觉得迷迷糊糊；身体仿佛渐渐沉下去，感到一种难以名状的孤独与无助。想必母亲已经回到家，在里屋的佛坛前面忙着些什么了吧。想到这儿，我便莫名地感到悲伤。比起姐姐家的热闹，我家的寂寥更令人感怀于心。我左思右想，咬住睡袍的领子，泪水便从眼角流到鬓角，浸湿了枕头。从客厅传来唱"夜雨"的歌声。我眼前浮现出池塘边的龙舌兰，浮现出清香姑娘的脸——她撇着嘴，似笑非笑。

那一晚，雷声轰鸣，驱散了乌云。到了早晨，一片晴朗，灿烂的阳光照耀着绿叶。我早早起来，洗了脸，心情也爽朗起来。于是，活蹦乱跳地跑向公园玩球，又去桶川旁点着松明捉鱼。

如今，小义已经长大成人，龙舌兰却已不在了。

雷声停了，明天会是个好天气。

病房里的花

（病室の花）

发病四五天前，我去了一趟三越百货，顺便买来一盆小小的秋海棠。我把它放在书房的桌子上，靠着书架。每天晚上在电灯光下，一面望着它，一面想着：要是有时间，便为这盆花也画一幅写生。然而，终于没能如愿，我便住院了。住院那天，妻子拿来各种各样的生活用具，也把这盆花一起拿过来了。然后，她把它放在床旁边的大理石置药台上。病房的墙壁是灰色的，挂着纯白的窗帘，除此以外，别无其他颜色；只有暗红色的橱柜和床头闪闪发亮的铜扶手。有了这盆花，阴冷的病房忽然变得温暖而热闹起来。我躺在床上，望着那仿佛宝石制成的鲜红的花蕾和宛如天鹅绒一般泛着光泽的绿叶；在灰色墙壁的映衬下，它竟如此鲜艳醒目。

我常常这样想：无论是多么精巧绝伦的人造花，与自然的花相比，终究是粗糙的，无法相比的。我也曾在美国某地的博物馆见过著名工艺家制作的玻璃花，把它和自然的花比较来看，简直毫无生趣，不值一提，还惹人讨厌。这种差别的根源究竟在何处呢？倘若以关于色彩和形态的所有抽象的概念与语言为标准来作比较，那么人造花与鲜花在外形上非常难以区别，界限模糊。也许有人说："一个是死的，另一个是活的。"然而，那只不过是把一个疑问换了一种说法而已。实际上二者之间明确的区别，还是要通过显微镜来观察检验才能够明白吧。一个只是不规则的、干燥而简单的纤维之集合，或是不规则的凹凸不平的非晶体凝块；而另一个却是规则的细胞之有机体。美的事物和与之相似却不美的事物之间的区别，总是像这样，存在于超出人类一般感觉范围的微妙之处吧。人类不也是如此吗？——隐藏在意识深处的自我，才正是决定其人格魅力的要素吧。我这样思考着，满怀感慨地凝望着秋海棠的花。望着望着，似乎感觉用我自己微弱的肉眼之力，竟然也可以从花瓣的一个个细胞里看出生命的光辉。

　　我住院的第二天，A 君为我拿来一束油菜花。

由于没有合适的花瓶，于是暂时放在一个金属脸盆里。也许因为这盆花开放在室内，所以并没有强烈的香气，也不会令人想起那云雀的叫声。不久，我们把它插在从家里拿来的花瓶里，放在房间角落的洗脸台上。同一天，我的侄儿N拿来一盆西洋品种的兰花。暗棕色的小花盆里堆满了水苔藓，从水苔藓中间左右对称地张开几片叶子，厚厚宽宽的，仿佛绿竹片刀一般；在叶子的正中间，伸出一朵花，花冠直立，微微低垂着。这盆花大部分都只是绿叶，那深紫色条纹状的花冠，从一般意义上来看，并不很美丽，但是它却有一种极为高雅、宁静而平和的美。把它与那鲜艳华美、宛如童话故事里的公主似的秋海棠对照观赏时，便会觉得自己仿佛正望着庄重忧郁又年轻俊美的贵公子。在花冠的下半截，一片花瓣盖在另一片像垂下的口袋似的花瓣上；我原以为，盖在上面的花瓣迟早会转向上方，下面那口袋也会张开吧，结果最终也没有张开。

　　过了几天，T君夫妇又为我拿来了一盆大大的秋海棠。那盆花比我家里拿来的花要大好几倍，十分美丽。这盆花一来，之前的秋海棠突然变得寒酸不堪，面目全非了。我家那盆花的颜色也确实多少变得暗淡了吧。相比之下，这次送来的花实在是鲜艳炫目，光彩照人。我便把原来的那盆花放在房间角落的洗脸台上，把这盆新的秋海棠放在枕边，怎么看也看不厌。然而，不可思议的是，与它相比，那寂寞的兰花不仅丝毫不逊色，反而似乎比之前更展现出自己的特点。即便如此，要是扔掉原来那盆小小的秋海棠还是很可惜的。有时候我歪着头，望望洗脸台上那盆花叶都日渐憔悴的可怜的秋海棠，无法移开自己的视线。花瓶上插着的那束寂寞的油菜花，也渐渐让人感到淡淡的感伤情致。

近日，I君又为我寄来了仙客来和一品红。以前我在花店里也曾见过一品红，但是并不知道它的名字。看了送来的花盆上插着的木牌，我才知道。把它放在置药台上仔细端详，我才发现，它那仿佛鸡冠花似的叶冠红艳欲燃，颜色着实艳丽夺目。那颜色容易让人联想起热带。我想，那颜色与其说它是花，不如说那是鸟类的装饰羽毛更为恰当。花的顶端，簇生着略带些黄色的小花，那些花极为谦逊内敛，若有若无。自然究竟为什么违反了往常的习惯，把这种植物的生殖器官变得如何寒酸，同时却把相当于呼吸器官的叶子装饰得如此艳丽呢？倘若问问植物学家或者进化论者，也许会知道有某种学说可以来解释吧。然而即便如此，我还是不由得感到十分不可思议。我想象着茂盛地生长着这种植物的热带树林。想着想着，便忆起在新加坡旅游的日子。当我穿过椰树林，在印度红的大路上驾驶马车时感到一种难以名状的心情。唯有那种心情至今还清清楚楚地浮现在我脑海里；然而，有关细节的记忆宛如梦一般地被我淡忘了，它们混杂在一起，就像在绿色与红色的底色上染出的花布纹样一般。即便如此，在这冰冷的病床上，回想起充满强烈阳光与生命的南国天地，还是让我感到无比的慰藉。

那盆仙客来生长得并不很好，总觉得那花朵

也没有什么生气，叶子有些发皱，叶尖已经快枯萎成茶褐色。关于这盆花，我有些奇怪的联想，想起我在柏林时发生的事情。我的德语老师住在阿卡金街。在她过生日那天，我想送她些什么花，便顺路去阿波斯特尔·保罗斯教堂前面一家破旧的花店，挑来选去，最后买下的便是这种花。我请店员用从日本进口的粉红色绉绸纸包装好花盆，立刻拿着它去了附近的老师家。那时候，老师告诉我：这花叫阿尔卑斯山堇（Alpenveilchen）。也许因为这个缘故吧，对于我来说，总觉得比起仙客来，阿尔卑斯山堇这个名字更为恰当。那位女老师之后过得怎么样呢？她只靠招收日本留学生维持生计，然而世界大战一爆发，留学生便都撤回国了。同时，柏林市民对日本人的反感也越发强烈。那时候，她是不是也经历了什么不愉快的事儿呢？那之后她又是靠什么来生活的呢？一遇到有关的情景，我便时常会想起她。那位老师结婚后不久，当医生的丈夫便去世了。她便与从部队退役的父亲以及丈夫留下的女儿希尔德加德一起孤寂地生活着。尽管我不甚了解，

但似乎她与父亲的关系并不太好。有一天，我们两三个学生带着她女儿希尔德加德去路易森戏院看童话剧。那场戏是《白雪公主》。大部分观众当然是小孩子，我们这些异国的大孩子们总觉得有些不好意思。扮演王妃的女演员是个胖得要命的女人，她用优美的声音唱着："镜子哟，镜子哟。"那之后过了两三天，我们听说，恰恰就在那天晚上，老师的腹部竟起了强烈的痉挛，家里乱成了一团。老师的眼睛周围明显留下了青黑色的眼圈。尽管毫无根据，我还是不禁觉得，害她生病的责任在我们身上。总之，我们仅去看过那一次童话剧。

五岁的雪子跟着姐姐来医院看我。开始她只是乖乖地盯着护士的脸，一声不吭。后来，她渐渐变得习惯了，最后终于爬到病床上来了。她窥视着我枕边的花盆，发现了叶子下面隐藏着的木牌，便逐个地、大声读出用假名标的花名。她的读法很有趣，大家都笑了。最近，她刚记住假名，无论是什么，只要看到假名便非要读出来。此后，只要她一来，便会一直坐在病床上，没有一次不读这些花名的。这也让我再一次思考"文字"所蕴含的不可思议的意义，让我对人类知识的未来浮想联翩。

我想知道所谓"一品红"到底是怎么拼写的。偶然，我看到从丸善书店订购的《近世美术》，书中有罗杰·弗莱[1]以一品红为主题画的一幅水彩画，由此我知道了它的拼写方法。在这幅画的解说里，这样写道："这幅画真应该被称为对特征的研究。它忠实于原样地观察事物，没有偏见地描绘事物——这是尝试近代绘画的极好例子。云云。"那画的背景是一面墙，墙上胡乱贴着布片和皱巴巴的纸片，墙前面是一个普通无奇的牛奶瓶，瓶里只随便插着两支一品红。这幅画整体感觉的确不错，但与我现在身边的真花相比，感觉它叶子的排列方法有些奇怪。以植物学家的眼光来看，它确实有错误。但是，写上述解说的美术

---

1. 罗杰·弗莱：Roger Eliot Fry，1866 年 12 月 14 日至 1934 年 9 月 9 日，生于伦敦，英国画家、形式主义批评家。

批评家却那样地献上赞誉之词。尽管我觉得这位批评家所说的话相当敷衍随意，但再一想想，又觉得似乎的确如此。

护士每天早上把这些花盆拿到室外去，帮我浇水。每当这个时候，便会听到走廊里有人发出夸张的赞美声："哇——多么漂亮的花儿呀！"秋海棠和兰花长势良好，相比之下，一品红却看上去渐渐衰败了。在它又直又长的茎的周围，隔着一定的距离有规律地轮生着绿叶，那些绿叶渐渐变成了黄绿色。我想是不是浇水浇得太多了，于是提醒护士和妻子注意。然而，我缺乏这方面的知识，不能给出积极的指示，便听凭她们照顾，顺其自然。在这期间，花的叶子渐渐失去了光泽，叶子变得黄色偏多，终于，下方的一两片叶子开始凋落了。剩下的叶子也是如此，只要轻轻地用指尖一碰，便会脆弱地掉落下来。曾经凭借某种强大生命力从枝干上迅速抽芽的叶子，如今，竟连极小的压力都禁不起，轻而易举地凋落了——这真让人觉得不可思议。就这样，一品红的叶子便从接近根部的地方，按照顺序渐渐凋落下去。

　　S君又为我送来一盆秋海棠。大小和上次T君送来的那盆差不多。但是，与上一盆相比，无论是花，还是叶子，整体的色彩都比较浅，总觉得有些失望。不过，又觉得它带着些素雅的野花一般的情趣。我想，尽管是同一种花，由于培养方法和周围情况的差异，竟然也能够长成如此不同的样子。由于土壤的性质、肥料和水的供给，还有光线与温度的关系，同一种类里是会产生贵族和平民的。花的贵族与平民之间不说话，便也没有争斗。看着花，我这样感悟着。

　　接下来，O君为我送来一个浅浅的大花盆，里面混栽了各种各样的花草。正中间的还是一株秋海棠，它的周围有宛如片片绿纱似的芦笋叶子，向四面伸展，叶子下面隐隐露出一株天竺葵，宛如一团燃烧的火焰；在那下方，还有像有平糖[1]似

1.　有平糖：17世纪从葡萄牙传入日本的糖果，把白糖和糖稀熬炼后凝固成花、鸟、鱼或棒状，并施以色彩。有平，是由葡萄牙语 alfeloa（糖果）音译成日语的。

的蟹爪兰，几朵花低垂在花盆的边缘。每一种花都很漂亮，但这样人为地把它们聚集到一块，却总觉得似乎缺点儿什么，有些不自然。可是，不管怎样，这都是一盆热闹而鲜艳的花草。在难以入眠的深夜里，有好几个小时都因为这盆花，我感觉时间多少变得短暂一些。在难以入睡、思绪万千时，我回想起接到N先生[1]病危的消息，去探望他时发生的事。那时候，我顺路去江户川拐弯处的花店，买的也是一盆秋海棠。我小心翼翼地拎着用纸包好的花盆，也没有坐车，一直拎到了早稻田。那个时候，我的胃已经相当不好，那天尤其感觉好像胀得厉害，很是难受。之后想想，从那时起，我的胃便已经一点点地开始出血了。当时，我却没有察觉，只想要节省一点儿车费，便忍耐着走着过去。尽管被谢绝与病危的先生见面，但是夫人帮我把带去的花送到了他的病床前。不一会儿，夫人从病房走出来说："他说这

---

1. N先生：指的是夏目漱石（1867 – 1916）。

花好漂亮啊。"现在想来，尽管是间接传达的，那便是先生对我讲的最后一句话了。如今，我也患了和先生同样的病，并因为这夺去他生命的病住了院。幸运的是，我这次好像并没有太大危险。在同样的季节，我们得了同样的病，又都望着床头同样的秋海棠花——这件事说偶然倒也偶然，但是仔细想来，那其中也有某些必然的因果关系吧。有些事哪怕平常看来是偶然的巧合，但实际上也有很多时候并非偶然。如果在先生与弟子之间有某个共同点，那么，即便只是精神上的相通，却也多少会对身体产生影响。或者说，正好相反，因为身体上有共同点，它影响到精神，便促使各自独立的两个人之间形成师徒关系——这也未必不是一个缘由。如果真是这样，先生与弟子患上同一种病的概率，也许比毫无关系的两个人要大一些。如果是同一种病，那么在同一个时节越发加重，倒是可能性很大。我这样想着，并且觉得这是一个非常可靠的理论。

在我出院的时候，兰花完全枯萎了，只剩下

叶子。一品红也只剩下顶上的红叶，像一簇鸟的羽毛。仙客来也基本上枯萎了。但是唯有那三盆秋海棠，尽管颜色消褪了，却还依旧盛开着。总之，我打算出院时把它们都放在运货车上带回家去。可是，不巧那天下起雨来，运货车上没有遮雨的苫布，于是便用人力车来搬运行李。因此，我便决定把所有的花盆都留下来。我拜托护士说："恐怕给您添麻烦了，请您想办法把它们安置好吧。"护士说："那我们就收下了。"看到她微笑着答应下来，我便放心了。只是，O君送来的混栽花盆，花色还很鲜艳，妻子觉得可惜，便放在膝盖上拿了回来。我们暂时把它放在客厅里一段时间，此后，又放在檐廊外的盆栽台上，任凭每晚风霜侵袭。秋海棠完全枯萎了，只剩下花茎，变得像折断的一次性杉木筷子；蟹爪兰的花和叶子仿佛都被煮软了似的，泛起白色，蔫蔫地贴在花盆上。只有芦笋轻纱一般的叶子，还有一部分保持着浓绿的色彩，挺立着。

　　在我住院三周多的时间里，无论是我的周

围，还是我的内心都发生了许多变化。我读了很多书，思考了很多事情。来了各种各样的人，他们在我内心深处投下了各种各样的光与影。然而，关于这些人与事，我都不想记录下来。如今，只这样记下为病房带来生机的花儿，便感觉写尽了住院时我生活中的一切。在别人看来，这是无关紧要的流水账似的粗陋记录，可是对于我来说，却是所有难忘的珍贵经历的总目录。

橡子

（どんぐり）

我记不得那是多少年前的事了，但却记得那天的日期。那是临近年末的二十六日晚上，妻带着女仆出门，去看下谷¹摩利支天²的庙会。十点多，她们回来。妻从袖兜里拿出给我带的礼物——金锷饼和炒栗子，轻轻地放在我的书桌边儿上，便去了厕所。不一会儿，她走出来，脸色苍白，在我桌子旁边刚一坐下，便突然咳出血来。吃惊的不只是她本人，当时，我的脸也完全

1.　下谷：位于日本东京都台东区西部的商业区。旧指上野车站周边、西邻武藏野高地的低洼地带。

2.　摩利支天：佛教守护神之一，在日本被认为是武士的守护神。暗诵摩利支天，便会在遇到危难时隐身。

没了血色——这是后来妻告诉我的。她看到我这样，便更加心灰意冷了。

翌日，女仆取药回来，突然提出要请假。还说了一些莫名其妙的理由，她说："这附近很危险，一出门办事，肯定就会受到骚扰。实在太可怕，真是难受，我干不了这样的活儿。"我便恳求她说："你也看到了，家里有病人需要照顾，现在你突然说要回家不干了，真让我们不知所措。怎么也得找个接替你的人，在找到之前，请你先忍耐一下吧。"就算我还只是一介书生，但也好歹是一家之主，这样苦苦地恳求她，当天似乎也打消了她不想干的念头。可第二天，她说家乡的父母生了大病，终于还是回去了。

那天，车夫家的老婆婆过来讨账，我便恳求她介绍一个女仆，不管什么样的都行；她便从佣工介绍所带来了一个女仆，名叫美代。值得庆幸的是，这次找的女仆是一个性情温和的老实人。不过，她有些呆呆的，还相信貉狸变人等怪事。但是不管怎样，她忠实地看护着病人，就算受到训斥也不生气。不过，她也时常出些差错。她曾经把洗手盆掉在房间的正中央，让屋子里发了大水；她还把被暖炉[1]用剩下的炭放在被子里睡觉，结果从被子到榻榻米都烧着了，烧出直径大约一尺的洞来。尽管如此，我对美代的感谢之情，至今未曾减少。

　　还不知病人的病情是好是坏，这一年已毫不留情地过去了。我们不得不准备迎接新年，却不知道要买些什么，怎么准备。即便如此，美代还是听从病人的指挥，再加上些自己的意见，忙碌了一整天。除夕晚上，十二点多了，我发现纸拉窗破损得实在厉害，便蒙上外套的兜帽，拿着一个盘子，去森川町买了五厘[2]重的糨糊。那一晚美代准备魔芋卷[3]，准备到半夜三点多。

　　人们迎来喜庆的新年，连续几天都很温暖。

1.　被暖炉：一种取暖装置，用脚炉木架将炭火或者电热源围起来，上面再盖上被褥。

2.　厘：日本重量单位。大约 37.5mg。

3.　魔芋卷：魔芋即为蒟蒻，在日本将其打卷后制成魔芋卷，作为过年的菜品之一。

病人的身体也渐渐恢复。在没有风的日子里，她便来到檐廊下朝阳的地方，有时候随手折几只纸鹤，有时候为心爱的人偶缝制些衣服。在寒冷的阴天，她便在床上弹弹《黑发》[1]等曲子。她还时常发些牢骚，说些泄气的话，让我和美代十分为难。那时候，妻已经怀孕了，所以在这年的五月，她即将面临女人生命中的大难——初次生产。再加上，她又正值十九岁，遭遇大厄[2]之年。在美代放假回家[3]的晚上，我曾经坐在书桌前，听着隔壁寂寞的鼻息伴着北风的呼啸；我凝视着煤

1. 《黑发》：日本乐曲名。通常指长歌曲名。在歌舞伎《大商蛭小岛》里，伊藤祐亲的女儿辰姬爱恋源赖朝，却只能把源赖朝让给政子，于是一边梳着头发，一边为嫉妒而烦恼不堪。在地歌里也有类似的曲目。

2. 大厄：在日本，根据阴阳道，指的是会遇到劫难、需要特别注意的年龄。女性 19 岁、33 岁、37 岁、61 岁为本厄年；男性 25 岁、42 岁、61 岁为本厄年。前一年与后一年分别为"前厄"与"后厄"。女性的"大厄"，一般指的是 33 岁，有时也指 19 岁与 33 岁。

3. 放假回家：用人在例行的假日回老家。旧时住在雇主家的用人，一般在旧历一月十六日与七月十六日归省。这里指的应该是旧历一月十六日的放假回家。

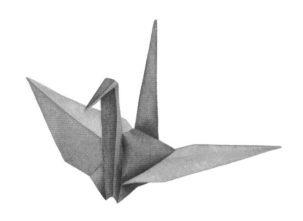

油灯，长长地叹了一口气。妻似乎完全相信了医生一时宽慰她的话，真以为自己只是暂时性的气管出血。或许不这样想，她就不愿去相信了吧。即便如此，她看起来心里还是隐隐地不安。我还时常听她说："即便是真得了肺病，也未必就不能痊愈吧。"有时候，她还会不停地唠叨，反复追问："你呀，是瞒着我吧？！一定是的。喂，你说是吧？"她一边问，一边窥探着我的脸色，那眼神仿佛祈祷，又充满着忧虑。看到那种眼神，我实在难过。于是，我便冷漠地回答，狠狠地否定她说："傻瓜！我说了没有的事儿，就是没有！"我这样说，她好像也会暂时从中得到满足。

妻的病情渐渐好转。二月初的时候，她都可以自己洗澡，自己梳头了。车夫家的老婆婆这些人，擅自认为"听说她已经完全康复了"，便轻轻地从怀里拿出账单来递给我说："尊夫人康复得真是快啊！"我到医生那里咨询，医生不说好也不说坏，只说些令人不安的丧气话："毕竟赶上您夫人正好在怀孕期间，这个五月要相当小心哦。"

即便如此，她还是渐渐恢复了。那个月的十多号，在一个温暖无风的日子，我取得了医生的同意，告诉妻说要带她去植物园。她听了非常高兴。快要出发时，我出门走到庭院里，她说："我头发实在太乱了，你等我梳理好哦。"我双手揣在怀里，坐在屋檐下，环视着清冷的小院。去年枯萎的菊花被拽倒了也没人扶起，残败得令人不禁伤感。那上面还挂着彩色手工纸的纸片，虽然没有刮风，却好像在瑟瑟发抖。洗手盆对面的梅树枝上，孤零零地绽放着两朵梅花。我走近了一看，发现那是粘上的假花。这多半是病人为消遣解闷粘上的。透过起居室的玻璃拉窗往里看，只见妻坐在镜台前面，手握住解开的头发，轻轻垂下，另一只手用梳子梳理着。我原以为她只稍微梳理一下，看来她是要自己重新盘起来。我催促她说："别再梳了，快点儿吧。"便回到房间里，躺下来随便看看早上看过的报纸。我又大声地催她说："快点儿吧！"她便说："你这么催我，我更梳不好了呢！"我只好默默地绕过厨房旁边，走出门去等她。来往的行人走过时会盯着我看，没办法，我只好往前走。溜达出去五十多米远，回头看看，发现妻还没有出来。我便又原路返回，从厨房旁边绕到檐廊边上，往屋子里看。妻年龄也不小了，竟然哭倒在地，美代正在安慰她。她对我说："你太过分了。"还说，"你自己一个人想去哪儿就去哪儿吧！"不过，美代对妻连哄带劝，总算哄着她出门了。

天气真是很好。我说："今天这天气，似乎人心都会蒸发掉，变成一片云霞呢。"妻落在后面，离我将近两米远，拖着竹皮草履，走得似乎很吃力；她无心地应了一声，勉强露出笑容。这时候，我才发觉，她腹部腰带的地方，的确比平常人大得多。她走路的样子也非常奇怪。尽管如此，她本人仍然满不在乎地跟着我走。我一面想着要是让美代也来陪她就好了，一面默默地加快了步伐。

进了植物园的门，我们直接登上一个宽阔的、长长的慢坡，然后向左走去。和煦的阳光充满了开阔的园子，无花也无草的地面仿佛睡着了一般。温室的白墙亮得仿佛在闪光，白墙的前面有两三个人双手揣在怀里；透过窗户向里面望去，只能看见人影；喷泉也并没有喷水；睡莲也还在冰冷的泥土底下等待着盛夏的云影。从温室里传来啪嗒啪嗒的木屐声，四五位乡下的老婆婆一脸迷茫地走了出来。我们走进去，与她们擦身而过。一股充满活力的、湿润的热带空气迎面袭来，从鼻孔冲击着我的大脑。椰子树和琉球的芭蕉等植物，要是再长高一点儿，会把这屋顶撑成什么样子呢？——每当我来到这儿，总会这么想。今天也还是这么想着。我想起来，曾经听谁说过，夏威夷这个地方完全没有肺病。只见妻正在摆弄着深绿色带有朱红斑点的草叶，我便说："喂，别碰，说不定有毒！"妻一听，便慌忙地放手，露出不快的表情，盯着指尖，还稍微闻了闻。左右的回廊里，四处开着红色的花儿，花丛里到处可以看到神色悠闲的游人。妻说："不知怎么，感觉有点儿不舒服。"她脸色却并不是很差。也许是因为突然走进一个稍微暖和的地方吧。我便对她说："那你最好快点儿出去吧，我再稍微看看就出去。"她听了，稍有些迟疑，便乖乖地走出去了。我本来想只看完这些红花，便立刻出去，但是夹在人群之间，一时难以脱身。好不容易走出去一看，发现妻已不在那里了。我环视了一圈想找到她，发现她远远地坐在对面的凉亭里，无力地依靠在长椅上，正对着我这边微笑。

园子里依旧寂静。阳光似乎用一种无形力量，轻轻地抑制着地上的一切活动。我说："既然你感觉完全好了，那我们就回去吧。"听我这么说，她似乎稍稍吃了一惊，凝视着我的脸，说道："我们难得来这里，再玩一会儿，去池塘那边走走吧。"我也觉得的确如此，就朝那边走过去。

我们正要走下山崖的时候，有两三个大学生走了上来，尖声地争辩着亚里士多德如何如何。在池塘小岛的凉亭里，有一位优雅的妇人，三十多岁，戴着眼镜，正在陪一个穿海军服的男孩和一个小女孩玩耍。那个穿海军服的男孩，不停地捡起小石子，扔到冰面上，发出欢快的声音。长椅上摊开着一张皱巴巴的日本纸，上面放着一大块蛋糕。"真想要一个那样的女孩啊！"妻一反常态地这样说着。

我们经过山崖下面，往出口走。没有什么值得看的风景了。妻在我身后突然大声喊道："哎

呀，有橡子！”说着便走到路边的落叶上去了。果然，无数的橡子夹杂在落叶中间，滚落到山崖下冻结的泥土上，俯拾皆是。妻开始蹲在那里捡橡子，捡得很起劲。眼看着左手已经握满了橡子。我也捡了一两个，朝着对面厕所的屋檐上扔过去，结果，橡子骨碌骨碌地滚落到另一边去了。妻从腰带间取出手帕，在膝盖上摊开，又专心地捡了起来。我对她说：“已经捡得差不多了吧？别捡了，没用啦。”可她却仍然捡个不停，似乎还不想走，我就去了厕所。走出来的时候，发现她还在捡。我便问她：“你捡这么多橡子，到底是要干什么呢？”听我这么一问，她便开心地笑着说：“我这么捡着玩儿，不就很有意思吗？”她捡满了一手帕的橡子，又包起来，小心翼翼地系好。

我以为这就不再捡了，不料她又说："把你的手帕也借给我吧！"最后，我的手帕也装满了几合[1]橡子，她便说："好啦，不捡了，我们回去吧。"她说话总是一副洋洋自得的样子。

如今，开心捡着橡子的妻，已不在人世。在她墓地的泥土上，不知青苔已开花几度。山间，橡子仍然掉落，树叶也会伴着白头翁的鸣叫飘落。今年二月，新年过后，妻留下的孩子蜜儿[2]六岁了。我领着她，到这个植物园来玩，让她捡着我们当年捡过的橡子。或许就连这样微小的事情里也存在着遗传吧——蜜儿捡得非常开心。每捡起五六个橡子，她便气喘吁吁地跑到我身边，扔进我帽子里摊开的手帕中。随着收获越来越多，我看到她的脸颊也变得通红，似乎沉浸在喜悦之

1. 合：日本容积单位。1升的1/10，1勺的10倍。明治时期大约为180.39毫升。

2. 蜜儿：即寺田寅彦的长女寺田贞子，1901年5月出生后不久便寄养在高知市的祖母家里。翌年11月，其母亲阪井夏子病逝，享年20岁。

中。在这张天真无邪的脸上，的确会在某些地方忽然闪现她母亲的影子，唤起我渐渐淡忘的昔日记忆。

"爸爸，大大的橡子，这个、这个、这个、还有这个，都是大大的橡子哦！"她用沾满泥土的小指尖，抚摸着堆积在帽子里的一个个橡子。"大橡子、小橡子、都是聪明的好橡子！"她胡乱唱着自己编的歌谣，蹦蹦跳跳地又捡了起来。

我凝望着她那无邪的侧脸，感慨地想起亡妻所有的缺点与优点：想起她喜欢橡子，想起她很

会折纸鹤……她把哪方面遗传给这孩子都没有关系；只希望她生命开始与结束时的悲惨命运，不要在这孩子的身上重演。